JN148908

祝日たちのために

中嶋憲武

港の人

目 次

祝日たちのために

薄目あく

赤糸を切りうぐひすの世のはじまらむ

足りぬ喝采つくし四畳半に勝つ

さくら貝更なる不倒さびしいと死ぬ

叱られぬ娘さくらへ流さるる

黒い少年春霜をエスカルゴの覚悟

陽炎に葬儀の写真ずつと見せる

なめらかな晩春折れ続くけむり

傘足らぬ外輪山へ紋白蝶

薔薇の芽のぼやぼや薄目あく音楽

自分より孤独春風へハロー

日日

昼の蝶の向上心を馬よ持て

青嵐表象さるるあらゆる不在

耽読の虹に痩せゆく日日ありき

素裸ねむる雨音畔を姉帰り来る

忍び居茶臼しのびのものの釣忍

闇を守宮生きをり青く浮く血管

尽未来際

蟻塚を越え来て淋しい息つく

凌霄花辿れば暗緑の母系

青葉をあるくと馬の没年古びる

家居とこしへわわしい女来たる虹

夏炉あかるく人語に星を数へ得ず

青鷺先生スメラミコトの佇まひ

余命いくばく虹の時間の読めぬ部分

蟬の眼の溶暗平和な世界が無い

あをく泳いで具象画のやうな疲れ

日傘置き忘れうつくしいこゑの鳥

断崖立秋その突端にいつまでゐる

ものいふ鳥

鰯柱立つアパート旅の棲み処とす

いなびかり群馬練馬をすみれいろ

ひとの手の葉月ものいふ鳥を載せ

八月が終る砂つぶ軋む敷居

祈りかさかさ鹿鈍く立つ鏡谷

湯舟暗いゆらゆら秋の薔薇無頼

艶を残して散文化する秋の蜂

秋はひとり寒冷紗手のなかに丸め

処暑つひに骨格あをき不夜の馬

兎はやくて雲の黙想してゐる西

よるの自習は亀甲のかたちして霙る

しのりがも

山の上の墓幾たびか過ぎ冬めく

悴める馬立つ風の路傍仮死

風景の歪むと冬蝶逝く構へ

品川の底冷粗品知る暮らし

冬薔薇の花弁は鶴を折る感じ

冬晴にさてこそと立つまれびとたち

常に眠い凩裏のカレー大盛

毛髪を忘れ指紋の冬野あるく

山間部昏くわが肉欲の冬の蜂

黒インクの皺皺あかがりの指の塔

大根の干されてものをこそおもへ

トローチのすつと消えすつと冬の滝

迷宮へ靴取りにゆくえれめのぴー

愛読んでくれず四の字固めの避暑

初期青く蠅ひとつ来て放蕩者

幼年はかない花野はらほれ鼻血縷々

冬の虹からニオベの娘たちを呼ぶ

1

太陽が西の海へ溶けると、緑色の靴を新調していたので、別れはそれからでも遅くない。レトリックの洗礼者として、彼女はウフィッィ美術館を出ると、そのまま青い炎となり私の肩を戦がす。私たちは黒い風に吹かれるままに第七保線区へと歩く。給水塔は知らん顔をしていたし、変圧器は鼻歌を歌いつつ、酒の肴を作っていたので、翼のない鳥は東へ飛んで行った。彼女は、つられてるふるんるふるんと低く歌い始めると、泉の底の青い花びらを燃え立たす。私は林檎を齧ると、一羽のこうのとりだ。丘はまだしんとしていたが、青白い水晶が、彼女の林檎を揺さぶる。私はくわるんくわるんと首を振りつづけ、連結器の繋がる音を聞いたように思った。

2

帝都の夜空は逃走する愛で犇めいていたので、惑溺の扉で熱いセイロンウパを啜っている。風景は爪繰る天体に嫉妬して。ひとつまみの木星の破片の零れるベイルート空港で、搭乗手続きを未完のまま、虹色の唇が呟く。四十番地の路地に私は指弾され、荒地には煌々として歩兵がグラジオラスを噛み続け、青白い女体はプラタナスを寒く蹴り続け、騒然と銀河は眠り続け。王室の厨房は螺旋のスプーン程の悲哀に満ちていたので、急速に遠くなった隣人たちで溢れ始める。爆音は夜の雲の上にフェミニストの菜食主義者として君臨し、白群に輝きながら、電極の鷹を放とうとしたり、歌おうともせずに麦を踏み続けたりしたので、一詩人の死にかまけていられなかった。

3

予約された運河のなかには、絹の雲母がある。高らかに歌い始めているのは、第三海洋学校のキャンドル少女たちである。工場の長い煉瓦壁は、日付を忘れた営業報告書だ。「聖体に近づく前に序論としての王将を握っていなくてはね」と、工員たちが囁き合う朝の虚勢のなかを、私の魚拓が過ぎてゆく。職場は、粉白粉を塗った先の水道管の錆びの傍、走り過ぎた審判と、セグロセキレイの恋歌との間にある。毎朝八時三十分に梵論字サンバルサンの奥書を白羊宮が手伝おうとするが、それは杞憂というものだ。彼女の電話番号は、注意深い年月によってチュニジアの夜の海の底より、輝きを増すことになる。工員たちと私は、原画のような食事をしている。植物性の対面のなかに、もうまもなく彼女からの電話が来るだろう。私はこの事実を煉瓦の壁の内で、ペンシルケースのなかで、考えてみることにする。

4

ジュークボックスの寝覚めに聞こえる熱愛のネックレスは、婚期に酔っていた。それらは時折光りながら、海岸通りの古びた額縁に収まり、高給保証の貼り紙と共に、陽気に歌っていた。既に裸足の君は、柱の窓から禁欲的な広間へ移り、天気雨の庭園でエドガー・アラン・ポーを蹴飛ばし、宮殿の裏で食中花を買う。私は百号の画布に描きさしていた鍵穴を思い続け、百年の美しい夜を過ごす。海鳴りが聞こえるのは、砂浜を歩き過ぎたからだ。無音の花火が私たちを照らしている。

5

古い諺に「月桂樹を幻想のロバのために、貨物船はエンタシスを抜ける」というのがあるが、私たちはそんなことにお構いなしに、アルノ川でサント・スピリト広場に出て、カフェカビリアで、軽い昼食を取る。彼女のインナーウエアの胸のレース模様から、蝶が飛び去った。馬の首を持った給仕が一人来て、「本日は、北海のトリスタン・ツァラ風地鶏の電子焼きがお気に召して頂けると思いますが」と言う。私は北の地では、原子炉の影が山羊たちに及んでいるだろうと考えた。

6

北の風が夜会服を身に纏い、私の前に立つ。アラベスクの低く流れる夕方。電柱の影に宴が始まると、招待客は皆一列の楽譜だ。私と北風は南へ渡るペリカンのように、遠い星を一つ落とす。

7

待ち合わせの駅に彼女はいない。四十年前に先に行ってしまったのだ。丘を下って兎屋に着く。市外電車の車掌は無帽。そうだ、脱学校化だ。タイルのベッドに寝転んで、ヘリオトロープ望郷の曲第二番を歌っている頃、スプーンに包まれて彼女が来る。激しい性欲のままに、窓から見える空が魚を洗っていた。校長はどうした？　ピアノ線となる夕方の月。やっぱり測量士だろう。

8

旅愁とは、遠く投げられたサイコロの地平線。いつでも私には、西日と取引契約を結ぶ用意があった、あの頃。針のなかの森が歩いて、噴水の傍の駅のベンチで歌い出す。私はパンを齧りながら、背広の極北を探り、ちょっと微笑むと、風が銀河を百個吹き飛ばす。ああ、あの鳥の喜びを知れ。乙が甲に、所有権の移転を促し、静粛な朝の間に誰かが、いつもそっとお茶を置いていても。

9

光りながら美しい螺旋の雲が降りて来る。俺は羅針盤を隠匿する。彼女はどうして喪服なんかで、ここにいるのだろう？　そうか、母が死んだのだ。彼女に電話したのは俺だ。白い海の灯に、自瀆を終えた僧侶と計算機。走らなければならない。夜鳥が遠くで哭く。寂しい。死にたい。夜に。古いブルースが聞こえる。天上に大きな赤い星。駆けていくだろう。濡れた翼広げ。

10

身長を低くして、星の蒸気と関わることは、祭という昼の海の情事のようで、別段難しいことではない。楽譜の上を歩くは夜の鹿の。鳴く秋流れて神無川。背中の長い時間が、君もさぞかし計量単位だろうね、というので推論を海の神の寝殿へ流す。母の話はガスコン兵。流れの行方の花束の。さしもしらじら地球光。そして私は、無論身長を低くして印刷所での有名な会合から帰った。

11

その日、全ての火が空へ集まり、地上は紫色の午後の坂。一万二千個目の鴇色の月がゆっくり昇ろうとしている時刻。帝都の灯を遠く見遣りながら彼女は、彼女の連れている犬と、私と川に平行に歩いていた。森の深く、時計塔の屋根で鳩が陰気に鳴いた後、夜が後ろがら、彼女と彼女の犬とを奪っていった。その夜に会うことは二度とないが、以来、別の川に沿う彼女を私は見ている。

12

やがて集まってくる祝日たちの為に、カーテンの微笑を纏うことは、誰でも一度は経験のあることであるが、逃走する国家は最早何を考えているのか、デルタTの時間分だけ解明されていない。彼女はいつも待ち合わせに、年老いた男を連れて来ていたが、画廊に彼女と男が待っていた時などは、警察官を一人一人数えなければならなかった。ネクタイを締めた国家に困惑の顔を察知されるからだ。

13

まだ潜むエディプスコンプレックスの森に残る薄明のある発情期。彼方より銃声のある天蓋は、ラプテブイフ海さまよえる銀河。南方へ旅立つひとへ送る手紙。てのひらの蟻は文字と化すベッドの上。鍵音を廊下に落す白いひなた。断崖へ北の鳥来て枚葉の印刷機から、矢継ぎ早に新聞が。珈琲屋のガラス窓の外側の顔。オルガンはもう止んでいる淋しい鳥。青い火が点く風だ。

14

夜、葡萄を収穫する。年老いた男が影のように、そのひとのいつもの傍らに。本来の肌色に戻ろうとしながら、その重なり方に注意して正確に体を置き、親指と人差し指で挟み、斜め上に巻くと、限りなく乱れまくる小さな火のような鳥。結末の解釈は頭脳だけではない。幼い死と最先端の入口を長時間泳ぐ。数はあなたの精力を表します。黄金時代・・・草の間から子供が生えてくる。

15

ヘルメットとブーツを借りて、有史以前より、白っぽくなるまで泡立てている赤い旋風。契約者の利便性の向上のためには、リスクを未然に察知する能力を独自の評価方法で絞り込む。自己啓発セミナーによって、五種類の微量元素が、夜間も参加者の安全のため屋外の誘導に。それでも一つの成約額は格段に低い。16ミリフィルムのなかに、大物政治家の必要以上の在庫があります。

16

日付の修正を知らない王国の末裔たちは、卒業を間近に控えて就職が決まっていない。夜間の外出は禁止。ハイウエイは滑走路。毎晩先輩と付き合わなくてはいけない会社は、カムフラージュに使う小道具だ。それでもかけがえのない旅の時間では、店員は片膝をついて対応する。手掛かりとなる合図は、今はいなくなった恋人が出してくれる。「錆びた釘」という名のカクテルと共に。

17

大変だ！といって乳房を露わにした娘が、理性の大衆化と西銀河系の眠れぬ夜のために急いで部屋を出て行った。そのこと自体は免職の夜想曲ほど重要ではなかった。私は出来るだけ陽気なふりをしながら、パラフィンの雨だれの可能性について考えてみる。それは多分、曇りがちの水半球だ。ゆっくりと蒸気のオルガンが立ち上がると、私は娘のことなど忘れ不在の光景へ立ち入ってゆく。そこで、あの後ろ姿、なまめく上製本の後ろ姿に出くわすことだろう。鳥たちは自らの迷宮について考えはじめる。メタフィジカルな花々は、幾分かの含羞を帯びつつ音楽を奏でる。あれかこれか、選択肢はいつも誤植のマズルカのなかにあり、忘却は北の海に碇泊している。

喪服間違ふ雨水この定規つかふ

陽炎の記憶としては頰の線

寄居虫のあるいて風の白い上着

遠足の列は昼餉の馬足らしめ

ぽーつとしてとほい菜の花傘より雫

初蝶が屠場の南の塔取り巻く

南極フランス蜂が野蛮である歴史

長靴に猿棲み絶え間なき朧

土にガラス混じる杉菜の住所へ日

のりしろの余白白山吹を不問

対位法

サンドウィッチの匂ひのなかの蜃気楼

はじめしづかな法案いそぎんちやくひらく

海の鳥居の晩春の石は鳥になる

晩春へ落とす不可視のむかしの箸

蟷螂の生まれてぼくの窓が無い

凌霄くるんくるん急坂いつか死ぬ

蟻の世の趨勢蟻語のパラフレーズ

波のやうに疲労家族は虹に眠る

こんな晴れ方姿見に蛇は映らぬ

あした戦争馬の目を病葉の降る

辛い教訓虹に書かれるべき言葉

みづいろの栞昼寝を分かたれてゐて

亀追ふアキレス西日の畑に転ぶ

成熟の鵪ゐすくまるぱるまこん

傘ひらく音して古き蜥蜴あり

みづのうへの病葉あらためる思想

鳥目のむかし

馬たなびく草地こそ夏蝶の墓標

ゐなくなる眠り青蔦窓蔽ふ

泣きごゑ病棟グラジオラスそつとしておく

暗い木の虜囚晴れ間へ行けぬ蟬

ゐない昼をすれすれの蠅波立たす

晩夏晩年水のまはりの水死の木

馬かんがへる黄昏の蟻の塔

飯粒の乾び窓鳴る水平線

火星おほきくマラカス振りつづける海月

野菊すなはち鳥目のむかしから紺

手が空いてゐる月白の舟を出す

九月暴風馬の血筋の空飛ぶ靴

流星の頃はひとさし指長し

栗を青年ひとつ回してゆける岐路

茘枝手に人造少女の目に原野

だんだん貧困すいてゐる空鶴来るぞ

都会昏迷

脳ゆるく塔へちかづく黄落期

いなづまマズルカひよめきに鳥の城

陸路の栗庫裡に補充馬牽き向けよ

鬼ともなれず月の出の手の乾き

みよ山鳩の赤さよ露の黄泉のゆめ

都会昏迷こほろぎ不意のこゑ挙げる

はなれて視れば立冬の馬のさま

恋もやもや鮫の小さく干からびる

目皿乾いて冬木の朝を出てゆく

鷹とゐて眉毛の伸びる時間あり

偸安をつつしみ橇となつてゐる

しるべなき埋火揣摩する馬の指数

からりと影

水餅蛍光する夜ごと取り替へるころ

雨の愛の浅草すき焼を取り乍ら

襖ひらいてひとかげにみられてゐる

ふふふ関東帰り花乱るるアンヌゐ

海鼠腸を夜に侵食されて噛む

空風のからりと影の生えてくる

日のはなやぐ御薄ぐいつと冬の鳶

子に似る冬木そのみどりぽーぽー

ひづめ緋のいろのやまい火のマント

葛湯吹いて馬の体躯の夜がある

ゐない凍蝶見失ふ瀆神の午後

あとがき

俳句を書くということは、「言葉にならないもの」を言葉で書く行為だと思う。また俳句は正解の無い自分への問いに似て、まるで大きく深い森の周囲をぐるぐる彷徨していて、なかなか森の奥深いところにある中心部へ辿り着くことは出来ないようなものだ。そこでぼくのみている風景を、ぼくの見方によって書き留めはするものの、書いた途端にその風景は消えている。

ここに収められた句は二〇一八年の三月から十二月までツイッターに呟いた句、五三〇句のなかから一二〇句に纏めたものだ。散文は、炎環一九九六年一月号から二〇〇四年九月号まで表紙画を担当していたときに、編集部の求めに応じて、ときどき「表紙のことば」を埋め草的に書いていたものから採った。銅版画十三点は、二〇一八年二月から年末までに刷ったもののなかから採った。
銅版画の制作と句のツイートは、ほとんど同時並行で行われた。銅版画を制作しているときは句の風景を思い、句をツイートしているときは銅版画の風景を思った。
ぼくの風景はみえてきただろうか。

最後に選句にあたって、「炎環」同人の山高真木子、宮本佳世乃、山岸由佳の各氏に大変お世話になりました。この場を借りて心よりお礼申し上げます。

中島憲武◎なかじま　のりたけ
一九六〇年東京都大田区生まれ。一九九四年十月より石寒太に師事。「炎環」「豆の木」所属。炎環同人。二〇一一年、週刊俳句より電子ブック「日曜のサンデー」という掌編小説集を発行。二〇一八年、第四回攝津幸彦記念賞・優秀賞受賞。

祝日たちのために

二〇一九年七月二十九日初版発行

著　者　中嶋憲武
発行者　上野勇治
発　行　港の人
神奈川県鎌倉市由比ガ浜三―一一―四九　〒二四八―〇〇一四
電話〇四六七―六〇―一三七四　ファックス〇四六七―六〇―一三七五
http://minatonohito.jp
装　本　港の人装幀室
印刷製本　シナノ印刷

ISBN978-4-89629-362-3